Collection de M. GUILHOU

OBJETS DE VITRINE

ET DE CURIOSITÉ

Paris — 1905

OBJETS DE VITRINE

ET DE CURIOSITÉ

CONDITIONS DE LA VENTE

Elle sera faite au comptant.

Les adjudicataires paieront *dix pour cent* en sus des enchères.

L'exposition mettant le public à même de se rendre compte de la nature et de l'état des objets, aucune réclamation ne sera admise une fois l'adjudication prononcée.

Paris. — Imp. Georges Petit, 12, rue Godot-de-Mauroi. — 15981-05.

CATALOGUE

DES

OBJETS DE VITRINE

ET DE CURIOSITÉ

BOITES, ÉTUIS, NÉCESSAIRES

DU XVIII· SIÈCLE

CUIVRES CHAMPLEVÉS ET ÉMAILLÉS

DU XIII' SIÈCLE

OBJETS VARIÉS

PROVENANT DE LA

Collection de M. GUILHOU

ET DONT LA VENTE AURA LIEU A PARIS

HOTEL DROUOT, SALLE N° 11

Les Jeudi 7, Vendredi 8 et Samedi 9 Décembre 1905

A DEUX HEURES

COMMISSAIRE-PRISEUR

Mᵉ PAUL CHEVALLIER

10, rue Grange-Batelière, 10

EXPERTS

M. H. HOUZEAU   MM. MANNHEIM

4, rue de la Paix, 4   7, rue Saint-Georges. 7

EXPOSITIONS

PARTICULIÈRE : *Le Mardi 5 Décembre 1905, de 1 h. 1/2 à 5 h. 1/2.*
PUBLIQUE : *Le Mercredi 6 Décembre 1905, de 1 h. 1/2 à 5 h. 1/2.*

ORDRE DES VACATIONS

Le Jeudi 7 Décembre 1905.

Objets de vitrine . . . . Nᵒˢ   1 à 70

Le Vendredi 8 Décembre 1905.

Étuis . . . .   71 à 96
Boîtes Partie des . . . .   97 à 127

Le Samedi 9 Décembre 1905.

Boîtes Suite des . . . .   128 à 156
Objets variés . . . .   157 à 190

Désignation

OBJETS DE VITRINE

1 — Bourse composée de deux plaques en émail peint de
Limoges, commencement du xviie siècle, à décor de personnages. Monture en cuivre doré.

Haut., 65 millim.

2 — Miniature ovale, portrait d'homme en buste, portant la
perruque longue et l'armure. Époque Louis XIV. Au revers,
l'inscription : *Artaud genevensis pinxit ad vivum Parisiis
anno 1696.*

Grand diam., 45 millim.

3 — Médaillon ovale peint sur émail, portrait d'homme en
buste, portant l'armure et la perruque longue. Époque
Louis XIV.

Grand diam., 3o millim.

4 — Carnet porte-tablettes en écaille brune piquée et posée
or, à décor de corbeilles de fruits, quadrillés et palmettes;
monture en or ajouré et gravé, à dessin de fleurs, rubans et
entrelacs. Époque Régence.

Haut., 11o millim.; larg., 65 millim.

5 — FLACON à sels en cristal, en forme de balustre aplati et à pans, compris dans une monture en or émaillé, à dessin de têtes, de feuillages, d'entrelacs et de lambrequins. Époque Régence.

Haut., 12 cent.; larg., 5 cent.

6 — PETIT FLACON-BALUSTRE en cuivre émaillé, décoré de deux scènes galantes, sur fond gros bleu. Époque Louis XV.

Long., 7 cent.

7 — PETIT NÉCESSAIRE de forme haute, laqué or, sur fond rose, à sujets de style chinois; monture et ustensiles garnis d'argent. Époque Louis XV.

Haut., 4 cent. 1/2; larg., 5 cent.

8 — TIRE-BOUCHON en or repoussé et ciselé, à décor de fleurs et rocailles, enrichi de plaques d'agate grise rubanée. Époque Louis XV.

Long., 10 cent.

9 — PORTE-MINE en agate grise entourée d'une monture en or, à dessin de rocailles et fleurettes. Époque Louis XV.

Long., 13 cent.

10 — PORTE-MINE en agate enveloppée d'une monture en or à fleurs et rocailles. Époque Louis XV.

Long., 11 cent.

11 — PAIRE DE CISEAUX en or émaillé, à décor de fleurs en bleu, avec devises sur fond blanc. Époque Louis XV.

Long., 10 cent.

12 — COUTEAU de poche à manche de bois noir, avec monture et applications à rocailles en or; lame d'or. Époque Louis XV.

Long., 8 cent.

13 — Nécessaire de forme rectangulaire, formé de plaques d'agate rubanée, comprises dans une monture en or repoussé et ciselé, à décor de rocailles et d'oiseaux, avec devise sur fond d'émail blanc : *Rien n'est trop beau pour ce qu'on aime.* Ustensiles garnis d'or à l'intérieur. Époque Louis XV.

Haut., 55 millim. 1/2 ; larg., 50 millim

14 — Nécessaire de forme rectangulaire, composé de plaques d'agate rubanée, comprises dans une monture en or repoussé et ciselé, à décor de rocailles, guirlandes, chiens et oiseaux. Sur la bordure du couvercle, devise réservée en or sur fond d'émail blanc. A l'intérieur, tablettes d'ivoire, flacons en cristal et ustensiles garnis d'or. Époque Louis XV.

Haut., 50 millim.; larg., 45 millim.

15 — Nécessaire de forme rectangulaire, composé de plaques d'agate comprises dans une monture en or repoussé et ciselé, à décor de rocailles, fleurs, chien et oiseau. Devise réservée en or, sur fond d'émail blanc, autour du couvercle. A l'intérieur, tablettes d'ivoire, flacons en cristal et ustensiles garnis d'or. Époque Louis XV.

Haut., 5 cent.; larg., 4 cent.

16 — Lorgnette émaillée bleu ; garnitures d'or de couleur et de demi-perles. Époque Louis XVI.

Haut., 5 cent.

Vente de Goncourt, 1897.

17 — Miniature ronde, portrait présumé de la comtesse de Guastaldi, en buste et costume blanc. Cadre en acier et bronze doré. Époque Louis XVI.

Haut., 95 millim.

18 — Nécessaire en galuchat, de forme rectangulaire, contenant deux flacons en cristal et deux compartiments. Garnitures en cuivre doré. Époque Louis XVI.

Haut., 5 cent.

19 — Petit pistolet lance-parfums, en or émaillé, crosse à fond rouge, bordée de rangs de demi-perles ; canon à pans émaillé bleu. Deux cassolettes sont renfermées dans le pommeau de la crosse. Époque Louis XVI.

Long., 11 cent.

20 — Hochet en corail, surmonté d'un sifflet et de grelots en or ciselé, et décoré de quatre plaques émaillées, à fleurs et figures. Époque Louis XVI.

Long., 12 cent.

21 — Deux couteaux à lames d'or et d'acier ; manches en or émaillé, semis d'étoiles sur fond bleu ; bordures de filets blancs. Époque Louis XVI.

Long., 20 cent.

22 — Deux fermoirs de bracelets ovales en or émaillé, à décor d'attributs sur fond de paysage. Époque Louis XVI.

Grand diam., 45 millim.; petit diam., 35 millim.

23 — Couteau de poche à lame d'or, manche émaillé bleu, décoré de rubans et guirlandes réservés en or. Époque Louis XVI.

Long., 11 cent.

24 — Couteau de poche à manche émaillé, décoré de compartiments fleuris alternant avec des bandes à décor doré sur fond bleu. Monture en or. Époque Louis XVI.

Long., 11 cent.

25 — Couteau de poche à lames d'or et d'acier, manche en or de couleur ciselé, à décor de pois, stries et feuillages. Époque Louis XVI.

Long., 9 cent

26 — Porte-crochet en or de couleur ciselé, décoré de feuilles de laurier et de cannelures unies ; il est enrichi de rangs de roses. Époque Louis XVI.

Long., 11 cent.

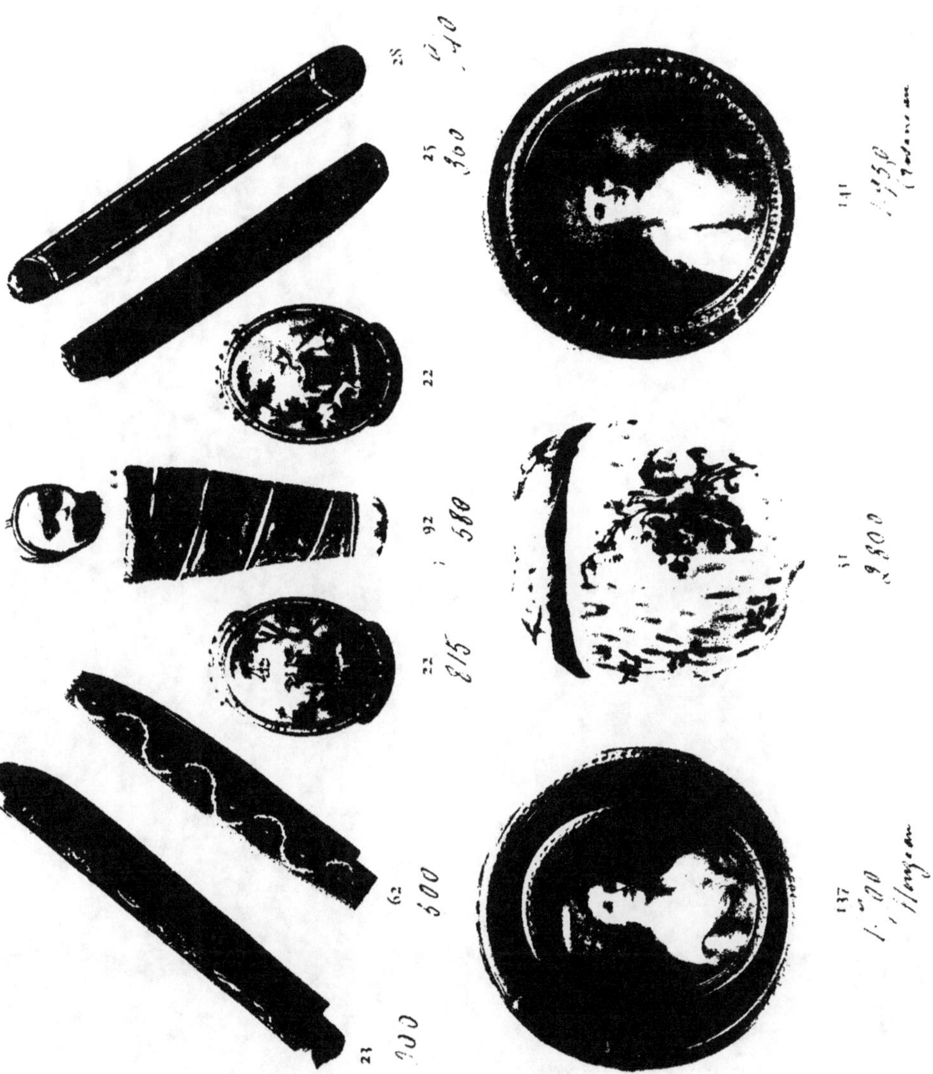

27 — **Porte-crochet** en or de couleur ciselé, à décor de fleurs bordant des parties unies. Époque Louis XVI.

Haut., 11 cent.

28 — **Couteau** de poche en or émaillé gris, avec rosaces vertes ; lame d'or. Époque Louis XVI. Poinçons de *Fouache*, régisseur des droits de marque ; année 1777-78.

Long., 10 cent.

29 — **Bijou-cassolette** simulant une boîte en or émaillé bleu. avec filets d'émail blanc ; rang de roses autour du couvercle, et devises émaillées sur fond or. Époque Louis XVI.

Haut., 2 cent.

30 — **Deux fermoirs** de bracelets en or émaillé, décorés sur fond bleu de cordons de feuillages et de devises. Époque Louis XVI.

Larg., 35 millim.

31 — **Pelote** à épingles simulant une lyre en laque rouge, incrustée et galonnée d'or. Époque Louis XVI.

Long., 8 cent.

32 — **Loupe** Louis XVI, décorée en rouge au vernis ; monture en or de couleur, à décor d'attributs champêtres et de rinceaux. Rosace au revers.

Larg., 12 cent.

33 — **Flacon** à sels en forme de balustre aplati, en or partiellement émaillé, décoré de deux médaillons ovales allégoriques à l'amour et se détachant sur un fond rosé, enguirlandé de fleurs et d'attributs. Époque Louis XVI.

Haut., 95 millim.; larg., 50 millim.

Vente de la Princesse Mathilde.

34 — **Porte-plume-encrier** en or uni, à décor de moulures. Époque Louis XVI.

Long., 10 cent.

35 — **Deux cachets-breloques** en argent. XVIIIe siècle.

Haut., 4 cent.

36 — Bijou de corsage en ambre, en forme de buste de femme à vêtements d'argent doré et enrichi d'une petite perle pendeloque. xviiie siècle.

Haut., 35 millim.

37 — Affiquet en bois sculpté, décoré de rangs de feuilles, ainsi que d'un chien assis sur une des extrémités. Fin du xviie siècle.

Larg., 19 cent.

38-39 — Deux affiquets variés en bois sculpté de la fin du xvie siècle.

Larg., 25 cent. et 27 cent.

— Affiquet en ivoire sculpté, à décor de personnages et feuillages. Commencement du xviie siècle.

Long., 25 cent.

— Miniature ronde : panier et vase de fleurs. xviiie siècle.

Diam., 8 cent.

— Couteau à poignée de bois sculpté, représentant le Sacrifice d'Abraham. xviie siècle.

Haut., 10 cent.

43 — Pomme de canne en ivoire, formée de deux masques grimaçants. xviiie siècle.

Haut., 4 cent.

— Croix de l'ordre du Christ de Portugal, en or émaillé rouge, enrichie de roses. xviiie siècle.

Haut., 9 cent.

— Croix de l'ordre du Christ de Portugal, en or et argent émaillés, enrichie de roses, rubis et topazes. xviiie siècle.

Haut., 6 cent.

— Croix de l'ordre de Saint Jacques de Compostelle, en or émaillé et argent, enrichie de brillants, rubis et émeraudes. xviiie siècle.

Haut., 4 cent.

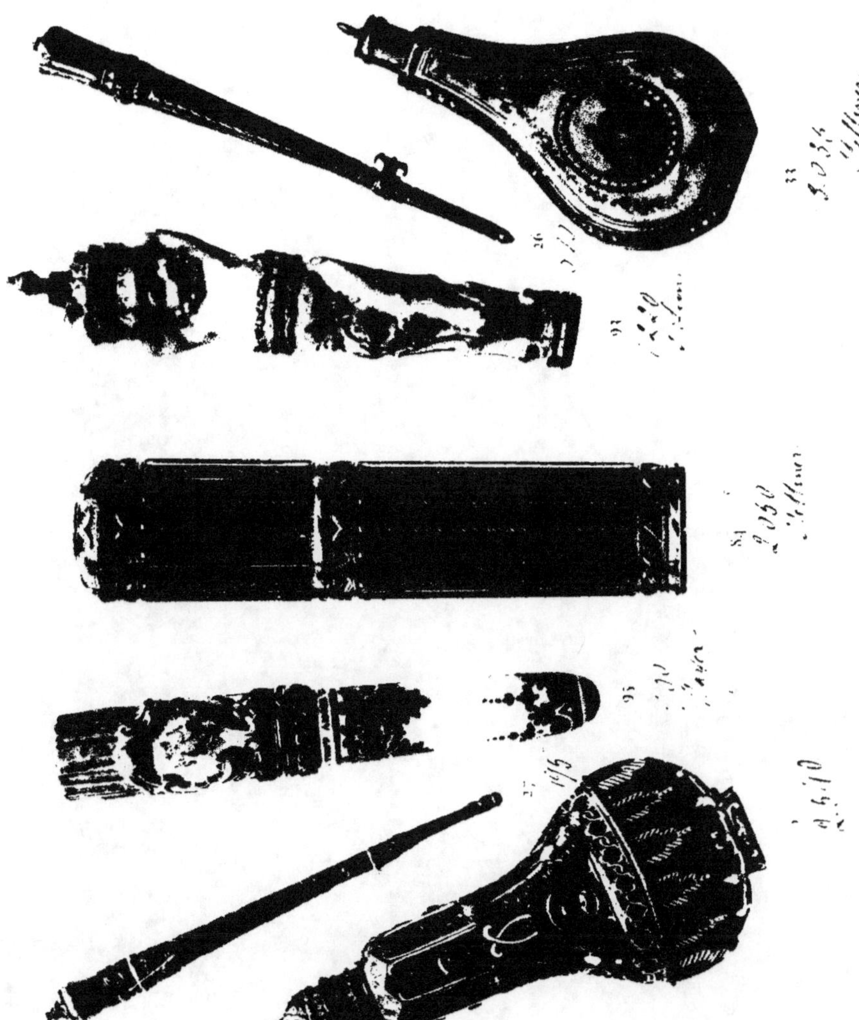

65 au Bois

47 — Croix pastorale d'évêque, améthystes encadrées de roses, avec coulant de suspension. XVIIIᵉ siècle.

Haut., 110 millim.

48 — Croix pastorale d'évêque, topazes du Brésil encadrées de roses, avec coulant de suspension. XVIIIᵉ siècle.

Haut., 110 millim.

49 — Petit reliquaire cylindrique en cristal, compris dans une monture en or repoussé et ciselé, à décor de feuillages et rocailles. XVIIIᵉ siècle.

Haut., 150 millim.

50 — Calendrier perpétuel, en argent partiellement doré, à décor d'amours, avec inscriptions et signature. Allemagne. XVIIIᵉ siècle.

Diam., 43 millim.

Vente T. P., 1901

51 — Nécessaire simulant un fruit en ancienne porcelaine tendre de Mennecy, à décor de fleurs; monture en argent; il contient divers ustensiles garnis d'argent doré.

Haut., 70 millim.

52 — Boîte ovale en ancienne porcelaine tendre de Mennecy, à décor de fleurs sur fond simulant l'osier; monture à charnière en or.

Grand diam., 95 millim ; petit diam., 60 millim.

53 — Figurine-breloque en ancienne porcelaine tendre de Chelsea : Pierrot debout.

Haut., 30 millim.

54 — Figurine-breloque en ancienne porcelaine tendre de Chelsea : joueur de tambour.

Haut., 25 millim.

55 — FIGURINE en ancienne porcelaine d'Allemagne : adolescent debout.

Haut., 60 millim.

56 — PAIRE DE BOUCLES D'OREILLES en ancienne porcelaine de Saxe, à décor de fleurs ; monture en argent doré.

Haut., 50 millim.

Vente de Goncourt, 1897.

57 — PETITE NAVETTE en ancienne porcelaine de Saxe à décor de fleurs.

Long., 80 millim.

Vente de Goncourt, 1897.

58 — NAVETTE en ancienne porcelaine de Saxe à décor de fleurs.

Long., 140 millim.

59 — ÉVENTAIL : monture d'ivoire partiellement peint et doré, à décor de médaillons portraits ; feuille en soie peinte avec paillettes à sujet galant, draperies, vases et guirlandes de fleurs. Sur les panaches, portraits de Louis XVI et de Marie-Antoinette en or.

Larg. ouvert, 480 millim.

60 — ÉVENTAIL pliant à monture d'ivoire argenté et doré ; feuille en soie peinte avec paillettes : scènes familiale et médaillons. Époque Louis XVI.

Larg. ouvert, 50 cent.

61 — PORTE-AIGUILLES à tricoter en deux parties, en porcelaine dure décorée de fleurs. Fin du XVIIIᵉ siècle.

Long., 60 millim.

62 — COUTEAU de poche à lames d'or et d'acier, manche en or partiellement émaillé, décoré de rosaces au milieu d'entrelacs. Fin du XVIIIᵉ siècle.

Long., 90 millim.

63 — MONTRE de forme oblongue, enrichie d'une bordure de petits diamants. Cadran signé : *Daniel Droz*. Fin du XVIII° siècle.

Haut., 30 millim.

64 — CAGE-BRELOQUE en or, avec devise. Fin du XVIII° siècle.

Haut., 15 millim.

65 — MINIATURE oblongue sur vélin : portrait de Louis XV à mi-corps, sur fond de paysage ; encadrement de roses surmonté du chiffre du roi, avec ses armes gravées au revers.

Haut., 85 millim. ; larg., 80 millim.

66 — CROIX de corsage en or, à décor de fleurettes.

Haut., 85 millim.

67 — PETIT CADRE ovale en or émaillé, à décor de godrons.

Grand diam., 70 millim.; petit diam., 65 millim.

68 — GOUACHE de forme ovale, par *Mouchet* (non signée), représentant une jeune femme, vêtue d'une chemisette, assise sur un lit et jouant avec un chat ; fond de draperies. Encadrée.

Grand diam., 24 cent.; petit diam., 20 cent.

69 — GOUACHE attribuée à *Charlier* : Suzanne et les deux Vieillards. Suzanne est représentée nue, sortant du bain, ayant à ses pieds un brûle-parfums et une aiguière. Fond de paysage.

Haut., 190 millim. ; larg., 135 millim.

70 — GOUACHE attribuée à *Charlier* : portrait présumé de la marquise de Pompadour, debout, presque nue, tenant d'une main un cœur, de l'autre une guirlande de fleurs. Auprès d'elle, les attributs de l'Amour.

Haut., 20 cent.; larg., 12 cent.

ÉTUIS

71 — Étui à dé en argent gravé, à décor de personnages debout sous des arcades, avec bordure de petites feuilles. Fin du XVI° siècle.

Haut., 30 millim.

72 — Étui-nécessaire de forme prismatique, en or ciselé avec incrustations de plaques de cornaline : il est décoré de personnages et d'animaux au milieu de rinceaux. Ustensiles variés à l'intérieur. Époque Régence.

Long., 95 millim.

73 — Étui en écaille brune piquée or, à décor de branches fleuries et insectes : monture en or avec tête de femme sur le couvercle. Époque Louis XV.

Haut., 105 millim.

74 — Petit étui cylindrique en or émaillé, à décor de fleurs. Époque Louis XV.

Long., 65 millim.

75 — Étui à cire en or repoussé et ciselé, décoré de rocailles, de fleurs et d'attributs. Époque Louis XV.

Long., 100 millim.

76 — Étui à crochets en or, à décor de rocailles, fleurs et petites cannelures obliques. Époque Louis XV.

Long., 10 millim.

77 — Étui à cire en or de couleur ciselé, à décor de rosaces, de quadrillés et de guirlandes. Époque Louis XV.

Long., 120 millim.

78 — Étui à cire en or de couleur ciselé, à décor de trophées d'armes, d'instruments de musique et de rocailles. Époque Louis XV.

Long., 120 millim.

2300
128
129
78
32
79

79 — Étui à cire en or partiellement émaillé, à décor d'entrelacs sur fond strié avec bordures de petites feuilles. Époque Louis XV. Poinçons d'*Alaterre*, adjudicataire des droits de marque, 1768-1774.

Long., 125 millim.

80 — Étui en agate rubanée; monture en or ciselé à décor de rocailles. Époque Louis XV.

Long., 105 millim.

81 — Étui prismatique en cristal, sur fond rouge; monture en or ajouré et ciselé à rocailles, avec devises sur fond d'émail blanc. Époque Louis XV.

Long., 100 millim.

82 — Étui porte-tablettes, décoré en rouge au vernis et galonné d'or gravé, avec les mots : *Souvenir d'amitié*, appliqués en or. Sur chaque face, un fixé ovale : paysage animé, encadré d'or également. Poinçons de *Fouache*, régisseur des droits de marque, 1774-1780. Époque Louis XVI.

Long., 85 millim.

83 — Étui prismatique en or de couleur gravé et ciselé; semis de pois, encadrements de feuilles. Époque Louis XVI.

Haut., 120 millim.

84 — Étui long, à pourtour contourné, en or de couleur ciselé, décor de cannelures unies alternant avec des cordons de feuilles de laurier. Époque Louis XVI.

Haut., 110 millim.

85 — Étui à cire en or, décoré de branches fleuries sur fond amati. Époque Louis XVI.

Haut., 110 millim.

86 — Étui long ovale de plan, en ivoire peint à bouquets de fleurs et devises. Garnitures d'or de couleur. Époque Louis XVI.

Haut., 150 millim.

87 — Étui porte-tablettes, présentant, sur chaque face, des plaques à sujets allégoriques à l'amour recouvertes de verre opalin. Bordures d'or partiellement émaillé, à feuillages et rubis simulés. En haut, les mots : *Souvenir d'amitié,* encadrés de même. Époque Louis XVI. Poinçons de *Fouache,* régisseur des droits de marque, 1774-1780.

Haut., 85 millim. ; larg., 55 millim.

88 — Étui-lorgnette contenant un nécessaire en galuchat ; monture en cuivre doré, à guirlandes de fleurs. A l'intérieur, quelques ustensiles. Époque Louis XVI.

Long., 110 millim.

89 — Petit étui cylindrique en or de couleur ciselé, à décor de cannelures unies, alternant avec des feuilles de laurier. Époque Louis XVI.

Long., 90 millim.

90 — Étui à cire en or de couleur ciselé, décor de bandes unies, séparées par des groupes d'attributs et des fleurs, sur fond amati. Époque Louis XVI.

Long., 120 millim.

91 — Petit étui cylindrique, ovale de plan, en or partiellement émaillé, à décor de médaillons, contenant des vases en grisaille sur fond rose. Époque Louis XVI.

Long., 95 millim.

92 — Étui simulant un enfant au maillot, en ancienne porcelaine d'Allemagne.

Haut., 90 millim.

Vente de Goncourt, 1897.

93 — Étui-flacon en ancienne porcelaine de Chelsea, en forme d'enfant tenant une corbeille de fleurs sur la tête. Monture à devise, en or partiellement émaillé.

Long., 120 millim.

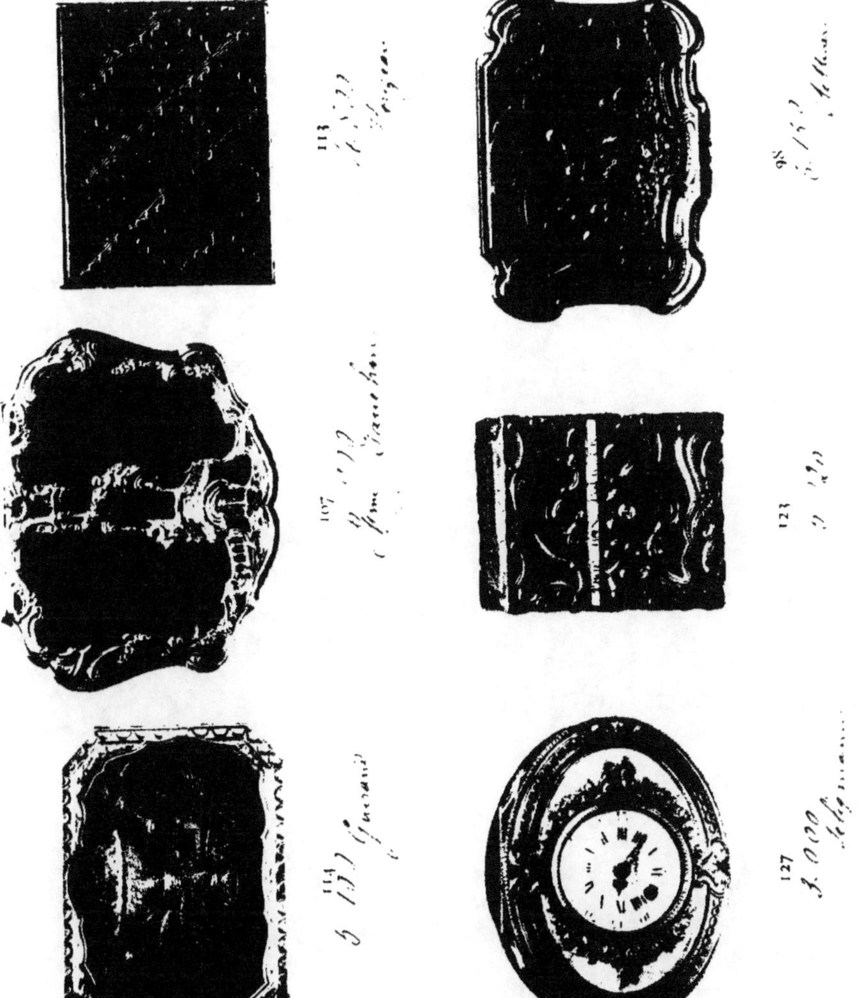

94 — Étui cylindrique en ancienne porcelaine tendre de Chelsea, en forme de colonnette surmontée d'une cage avec devise.

Long., 175 millim.

95 — Étui en ancienne porcelaine tendre de Chelsea, en forme de carquois, décoré d'un amour et de devises.

Long., 120 millim.

96 — Étui cylindrique en ancienne porcelaine tendre de Chelsea, surmonté d'une figurine d'amour.

Long., 130 millim.

BOITES

97 — Tabatière oblongue, simulant une nef, et formée d'un coquillage compris dans une monture en or partiellement ciselé à décor d'animaux, personnages et rinceaux ; au revers du couvercle, un émail : triomphe d'Amphitrite. Intérieur doré. Époque Régence.

Long., 85 millim.

98 — Drageoir de forme contournée, en or ciselé : sur le couvercle, Vénus et Adonis ; sur le dessous, enfants et chiens. Au pourtour, des cannelures et des palmettes. Sur la gorge, le nom : *Gouers, à Paris*. Époque Régence.

Haut., 80 millim.; larg., 63 millim.

99 — Boite ronde en poudre d'écaille grise galonnée d'or et doublée d'écaille ; sur le couvercle, médaillon rond décoré au vernis à sujets d'enfants. Époque Louis XV.

Diamètre, 75 millim.

100 — Boite rectangulaire en nacre gravée et posée or, décorée d'un semis de rosaces comprises dans des disques. Monture à cage en or. Époque Louis XV.

Long., 65 millim.; larg., 52 millim.

101 — Boite rectangulaire en or ciselé et gravé, à dessin de rosaces à rocailles, disposées en hélice sur fond strié. Époque Louis XV.

Long., 80 millim.; larg., 60 millim.

102 — Boite rectangulaire composée de plaques d'agate grise, gravées de stries. Monture à cage en or incrusté de marcassite. Époque Louis XV.

Long., 70 millim.; larg., 50 millim.

103 — Boite rectangulaire formée de plaques de nacre, gravée à rosaces simulant un carrelage avec incrustations d'or. Monture à cage en or. Époque Louis XV.

Long., 65 millim.; larg., 50 millim.

104 — Boite rectangulaire en or émaillé en plein, décorée de branches fleuries et insectes, sur fond bleu. Époque Louis XV.

Long., 80 millim.; larg., 60 millim.

105 — Boite ovale décorée au vernis Martin sur le couvercle de deux femmes vêtues à l'antique, fond vieil or. Pourtour et dessous ornés de paysages. Époque Louis XV.

Grand diam., 90 millim.

106 — Drageoir en nacre gravée recouverte d'applications d'or, à décor de figures mythologiques, de rocailles et de fleurs. Monture à charnière en or mouluré. Époque Louis XV.

Long., 88 millim.; larg., 68 millim.

Vente de Thuisy, 1901.

107 — Drageoir de forme contournée à deux compartiments, composé de plaques d'agate blonde mamelonnée et rubanée, comprises dans une monture en or ciselé à décor de figures, de rocailles, de fleurs, avec cariatides au pourtour. Époque Louis XV.

Larg., 90 millim.

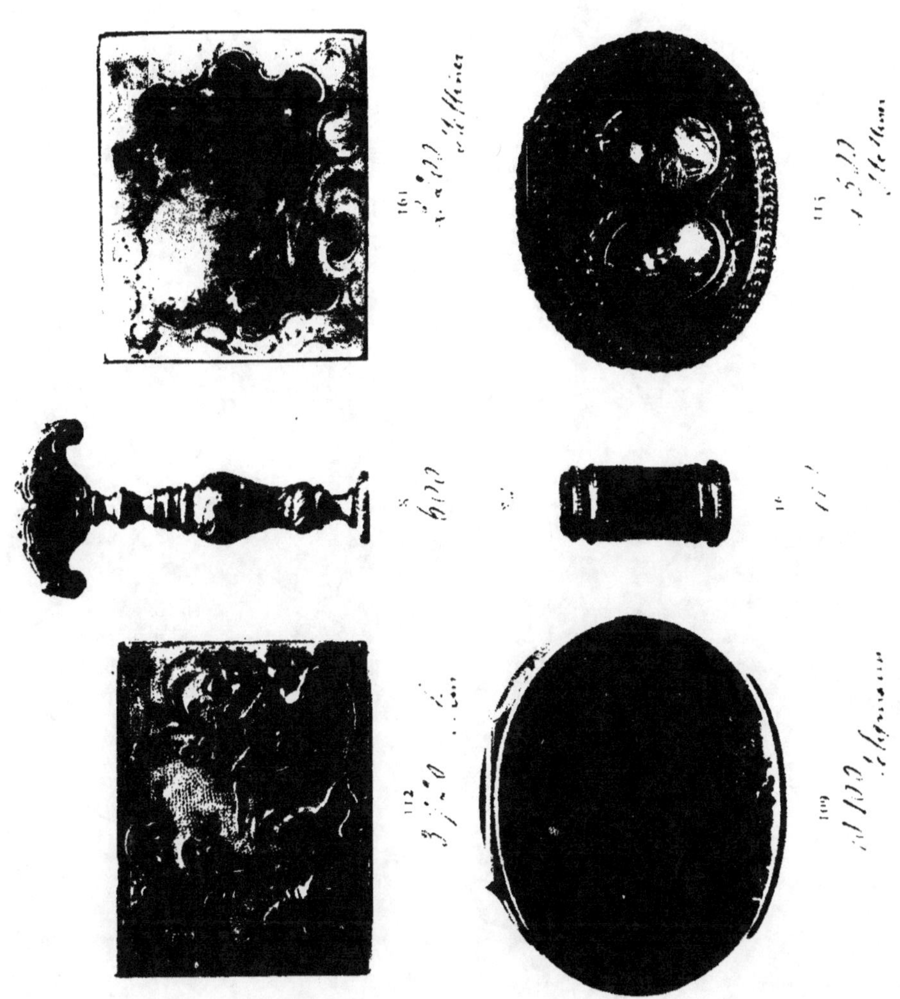

108 — DRAGEOIR de forme haute et contournée en nacre gravée. cloutée, et avec applications d'or, à décor de quadrillés, rocailles, amour et oiseaux. Monture à charnière en or. Époque Louis XV.

Haut., 35 millim.; larg., 70 millim.

Vente Pichon, 1897.

109 — GRANDE BOITE ovale, en or émaillé en plein sur toutes les faces, à décor de branches fleuries et de rocailles émaillées bleu sur fond réservé d'or gravé à menus rinceaux. Époque Louis XV.

Grand diam., 100 millim.; petit diam., 80 millim.

110 — DRAGEOIR de forme contournée, à pourtour d'or, et décor de fleurettes émaillées sur fond amati. Le couvercle et le fond se composent chacun d'une plaque de nacre enrichie, sur le couvercle, d'une gerbe fleurie en or émaillé. Époque Louis XV.

Larg., 60 millim.

Vente Pichon, 1897.

111 — BOITE rectangulaire, composée de petites plaques de nacre gravée et de corne teintée, disposées en imbrications sur fond d'or. Monture en or. Époque Louis XV.

Long., 75 millim.; larg., 55 millim.

112 — GRANDE BOITE rectangulaire, composée de plaques de fer ciselé, à décor de quadrillés et rocailles avec le sujet : *Diane et Actéon* sur le couvercle, le tout se détachant sur fond doré. Monture à cage, en or gravé à fleurettes et rocailles. Époque Louis XV.

Long., 90 millim.; larg., 70 millim.

113 — BOITE rectangulaire en or partiellement émaillé, à décor de fleurs et de feuilles disposées en quinconce sur fond d'or strié. Époque Louis XV.

Long., 70 millim.; larg., 50 millim.

114 — Boîte rectangulaire à pans coupés, composée de panneaux d'écaille brune piquée d'or, à décor d'attributs, de fruits, de fleurs et de sujets de chasse. Monture en or de couleur ciselé et gravé. Époque Louis XV. Poinçon de *Brichard,* sous-fermier des droits de marque. Année 1760-61.

Long., 74 millim.; larg., 55 millim.

Vente de Thuisy, 1901.

115 — Boîte ovale en écaille brune lamée, galonnée et doublée d'or ; elle est décorée, sur le couvercle, de deux miniatures ovales : portraits de femmes vêtues, l'une d'un corsage rose décolleté, l'autre d'un corsage bleu. Ces deux miniatures sont encadrées d'or. Époque Louis XV. Poinçons de *Brichard,* sous-fermier des droits de marque. Année 1762-63.

Grand diam., 90 millim.; petit diam., 65 millim.

116 — Boîte ronde, vernie rouge, comprise dans une monture en or repercé et gravé, à décor de guirlandes et de rangs de feuilles ; sur le couvercle monté à charnière, miniature ovale : portrait de femme en buste, portant un corsage décolleté. La boîte est doublée d'or. Fin de l'époque Louis XV. Poinçons de *Prévost,* adjudicataire des droits de marque. Année 1764-65.

Diam., 70 millim.

117 — Boîte rectangulaire, composée de panneaux enveloppés d'un réseau d'or gravé. Monture en or. Époque Louis XV. Poinçons de *Prévost,* adjudicataire des droits de marque. Année 1765-66.

Long., 65 millim.; larg., 50 millim.

118 — Boîte oblongue, à pans coupés, composée de panneaux d'écaille brune piquée or, à sujets de fruits, fleurs et animaux. Monture en or gravé, à dessin de baguettes enrubanées ; elle est doublée d'or et porte sur la gorge le nom de : *Roucel, orf*[re] *du Roi, à Paris.* Époque Louis XV. Poinçons de *Prévost,* adjudicataire des droits de marque, 1762-1768.

Long., 80 millim.; larg., 45 millim.

119 — Boîte ronde en écaille brune lamée et galonnée d'or gravé. Fin de l'époque Louis XV. Poinçons de *Prévost*, adjudicataire des droits de marque, 1762-1768.

Diam., 50 millim.

120 — Boîte à mouches de forme rectangulaire, en poudre d'écaille rouge incrustée d'or et d'argent et bordée d'une grecque. Monture en or. Époque Louis XV. Poinçons de *Prévost*, adjudicataire des droits de marque, 1762-1768.

Long., 60 millim.; larg., 40 millim.

121 — Boîte rectangulaire en or de couleur ciselé, à guirlandes de fleurs; sur le couvercle et sur le dessous, peinture sur émail : Apollon et Daphné, bacchant et bacchante. Époque Louis XV. Poinçons de *Brichard* et de *Prévost*, adjudicataires des droits de marque.

Long., 70 millim.; larg., 50 millim.

122 — Étui-nécessaire de forme contournée, composé de plaques d'agate herborisée, comprises dans une monture en or ciselé, à fleurs et rocailles; il contient divers ustensiles garnis d'or. Poussoir en brillant. Époque Louis XV.

Haut., 12 cent.

123 — Étui-nécessaire composé de plaques d'agate grise rubanée, comprises dans une monture en or ciselé, à fleurs et rocailles. Ustensiles en or et cuivre. Époque Louis XV.

Haut., 12 cent.

124 — Tabatière à deux tabacs en forme de corbeille, composée de plaques d'agate grise rubanée, retenues par une monture en or gravé, à moulures et feuillages. Fin de l'époque Louis XV.

Haut., 50 millim.

125 — Boite rectangulaire formée de panneaux de nacre gravée à stries, cloutée d'or, et présentant des bouquets de fleurs en applications d'or émaillé. Monture à cage en or, offrant des ondulations. Fin de l'époque Louis XV.

Long., 70 millim.; larg., 50 millim.

126 — Boite rectangulaire en or gravé et ciselé, décorée de fleurs exécutées en burgau, ivoire, etc., sur fond d'ondulations. Fin de l'époque Louis XV.

Long., 77 millim.; larg., 60 millim.

Vente T. P., 1901.

127 — Boite ovale en or de couleur ciselé, à guirlandes, rosaces et médaillons d'attributs, contenant une montre à carillon. Cadran signé : *Pierre Morand*. Fin de l'époque Louis XV.

Grand diam., 80 millim.; petit diam., 60 millim.

128 — Boite à mouches rectangulaire à deux compartiments, en or émaillé gris rosé, avec bordures et montants décorés sur fond réservé en or de petites feuilles et de demi-perles simulées. Sur le couvercle, miniature simulant un camée antique. Fin de l'époque Louis XV. Poinçons d'*Alaterre*, adjudicataire des droits de marque, année 1770-1771.

Long., 60 millim.; larg., 40 millim.

129 — Boite à mouches rectangulaire, à deux compartiments, formée de panneaux d'or émaillé bleu, compris dans une monture en or de couleur ciselé à feuillages ; sur le couvercle, médaillon ovale en or : Pygmalion et Galatée. Fin de l'époque Louis XV. Poinçons d'*Alaterre*, adjudicataire des droits de marque. Année 1771-72.

Long., 55 millim. ; larg., 40 millim.

130 — Boite ronde en or émaillé bleu, avec bordure de filets d'émail blanc et de torsades réservées en or. Fin de l'époque Louis XV. Poinçons d'*Alaterre*, adjudicataire des droits de marque. Année 1773-74.

Diam., 65 millim.

— BOITE ronde en poudre d'écaille rouge, lamée et galonnée d'or gravé et uni du temps de Louis XVI. Sur le couvercle, peinture sur émail, portrait de femme en buste, vêtue d'une draperie rose, du temps de Louis XIV.

Diam., 75 millim.

— BOITE à cure-dents ovale, en or de couleur ciselé à petites feuilles, et émaillée gris-perle, avec médaillon, amour sur un dauphin, en grisaille sur fond rouge ; sur le dessous, une rosace. Époque Louis XVI.

Larg., 7½ millim.

— BOITE oblongue à pans coupés, composée de plaques de sardoine montées à cage en or ciselé et partiellement émaillé, à décor de rangées de feuilles, émeraudes et demi-perles simulées. Sur le couvercle, bordure de demi-perles. Époque Louis XVI.

Larg., 60 millim.

134 — BOITE oblongue à pans coupés, décorée de miniatures en grisaille, à sujets relatifs à l'amour. Monture en or. Époque Louis XVI.

Long., 60 millim. ; larg., 45 millim.

135 — BOITE ronde en écaille brune galonnée de cuivre doré ; sur le couvercle, fixé rond, portrait présumé de Marie-Antoinette. Époque Louis XVI.

Diam., 65 millim.

136 — BOITE à cure-dents, composée de plaques émaillées à décor de scènes relatives à l'amour, en grisaille sur fond bleu. Monture en or. Époque Louis XVI.

Long., 85 millim.

137 — BOITE ronde décorée en rouge au vernis et galonnée d'or. Sur le couvercle, miniature ovale, portrait de femme en buste, portant un corsage violet avec fichu blanc. Époque Louis XVI.

Diam., 80 millim.

3

138 — Boite ovale en argent partiellement doré, ornée, sur le couvercle, d'un camée-agate du temps de Louis XVI : le Jugement de Pâris.

Grand diam., 60 millim. ; petit diam., 45 millim.

139 — Boite ovale en or émaillé bleu, avec bordures de bandes de petites feuilles comprises entre deux filets d'émail blanc. Sur le couvercle, peinture sur émail à sujet symbolique, entouré d'un rang de diamants. Époque Louis XVI.

Grand diam., 80 millim. ; petit diam., 60 millim.

140 — Boite ronde en verre à fond bleu, galonnée d'or et présentant sur le couvercle une miniature, buste d'homme de profil, en grisaille ; signée. Époque Louis XVI.

Diam., 70 millim.

141 — Boite ronde en poudre d'écaille simulant le granit et galonnée d'or ; elle est décorée, sur le couvercle, d'une miniature : portrait de femme, en buste, en corsage blanc décolleté. Époque Louis XVI.

Diam., 80 millim.

142 — Boite ovale en or, partiellement émaillé, avec incrustations de malachite. Le dessus, le dessous et le pourtour, présentent des médaillons à sujets allégoriques et sous verre ; les bordures sont décorées d'oves et de feuillages alternant ; sur le pourtour, quatre pilastres. La gorge porte l'indication : *Ménière, bijoutier du Roy, rue Mauconseil, à Paris.* Époque Louis XVI. Poinçons de *Fouache*, régisseur des droits de marque, 1774-1780.

Grand diam., 85 millim.; petit diam., 65 millim.

143 — Boite ovale en or partiellement émaillé, à décor de bandes de points d'émail blanc simulant des demi-perles ; fond bleu. Sur le couvercle, peinture sur émail à sujet allégorique. Époque Louis XVI. Poinçons de *Fouache,* régisseur des droits de marque. Année 1778-79.

Grand diam., 80 millim.; petit diam., 60 millim.

Hongroie [illegible] du Sud

141   142   143   144   145   146

144 — Boite ovale en or émaillé violet, avec bordures simulant des demi-perles. Sur le couvercle, peinture sur émail allégorique à l'amour. Époque Louis XVI. Poinçons de *Fouache*, régisseur des droits de marque. Année 1779-80.

Grand diam., 70 millim.; petit diam., 50 millim.

145 — Boite forme ballon, boîte à mouches rectangulaire, étui à cire, paire de ciseaux, couteau à lames d'acier et d'or, en or émaillé violet, avec bordures de filets d'émail blanc et de demi-perles simulées; ces pièces sont accompagnées d'un flacon à sel en cristal avec bouchon assorti. Époque Louis XVI. Poinçons de *Fouache* et de *Clarel*, régisseurs des droits de marque.

Diamètre de la boîte, 60 millim.

146 — Boite ronde en or de couleur ciselé, décorée de pois semés sur fond strié, ainsi que de rangées de petites sphères en relief sur fond amati, avec rosace au centre. Époque Louis XVI. Poinçons de *Clarel*, régisseur des droits de marque. Année 1780-1781.

Diam., 75 millim.

147 — Boite ronde en ivoire, galonnée d'or à torsades, avec médaillon en grisaille à sujet champêtre sur le couvercle. Époque Louis XVI. Poinçons de *Clarel*, régisseur des droits de marque. Année 1782-1783.

Diam., 75 millim.

148 — Boite ronde en verre bleu aventuriné, galonnée d'or à torsades; elle est doublée d'or. Époque Louis XVI. Poinçons de *Clarel*, régisseur des droits de marque. Année 1783-1784.

Diam., 70 millim.

149 — Boite ronde en or émaillé, décorée d'un semis d'étoiles réservé sur fond d'émail bleu. Bordures à torsade entre deux filets blancs. Époque Louis XVI. Poinçons de *Clarel*. Année 1783-1784.

Diam., 60 millim.

150 — BOITE ovale en or émaillé, à dessin de bandes bleues et blanches alternant, avec bordures d'entrelacs de feuillages réservés sur fond bleu. Sur le couvercle, peinture sur émail, à sujet allégorique. Époque Louis XVI. Poinçons de *Clavel,* régisseur des droits de marque, 1780-1789.

Grand diam., 80 millim.; petit diam., 58 millim.

Vente T. P., 1901.

151 — TABATIÈRE à deux tabacs de forme cylindrique, décorée au vernis d'enfants combattant, en grisaille sur fond vert, avec bordures vieil or enguirlandées. Elle est galonnée d'or et présente sur chaque couvercle une miniature : portrait de femme tenant une houlette, et portrait d'adolescent en armure, signée : *Bardin.* xviiie siècle.

Haut., 55 millim.; diam., 5o millim.

152 — BOITE ronde en mosaïque de Neubert; monture en or à charnière. A l'intérieur, miniature : buste de femme, encadrée de demi-perles. Seconde moitié du xviiie siècle.

Diam., 65 millim.

Vente T. P., 1901.

153 — BOITE ronde, décorée en vert au vernis; sur le couvercle, fixé rond : danse de paysans sur les bords d'une rivière, signé : *Blarenberghe, 1779.*

Diam., 65 millim.

154 — BOITE ronde, décorée au vernis d'un quadrillé sur fond vert; sur le couvercle, miniature : femme en buste, en corsage décolleté, un diadème dans les cheveux.

Diam., 80 millim.

155 — BOITE rectangulaire en ancienne porcelaine tendre de Mennecy, à décor de fleurs sur fond simulant l'osier. Sujet chinois au revers du couvercle. Monture en argent.

Long., 70 millim.; larg., 55 millim.

156 — Boîte, formée de deux figurines, Cupidon et bacchant, en ancienne porcelaine tendre de Chelsea, avec la devise : *Plus je bois, plus j'aime.*

Haut., 15 millim.

157 — Tabatière ovale en ancienne porcelaine tendre de Tournai décorée de trois réserves en grisaille, simulant des gravures sur fond imitant le bois.

Grand diam., 100 millim.

158 — Boîte oblongue en ancienne porcelaine de Saxe, décorée d'oiseaux sur toutes les faces. Monture en or.

Long., 75 millim.; larg., 50 millim.

159 — Drageoir ovale, de forme haute, en ancienne porcelaine de Saxe, à décor de sujets chinois. Monture en or.

Grand diam., 70 millim.; petit diam., 45 millim.

160 — Drageoir oblong, de forme contournée, en ancienne porcelaine de Saxe, décoré de médaillons d'oiseaux et de fleurs sur fond laqué noir et or. Monture en or.

Long., 60 millim.; larg., 45 millim.

161 — Grande boîte en ancienne porcelaine de Saxe, décorée sur toutes les faces d'animaux et de scènes de chasse encadrés de rocailles. Au revers du couvercle, deux nymphes faisant une offrande de fleurs à un dieu Terme. Monture en or gravé.

Long., 90 millim.; larg., 70 millim.

162 — Boîte oblongue, à pans coupés, en ancienne porcelaine de Saxe, décorée sur toutes les faces de sujets de style chinois encadrés de rinceaux ; intérieur doré. Monture en or.

Long., 70 millim.; larg., 50 millim.

163 — Drageoir rond, de forme haute, en ancienne porcelaine de Saxe, décoré de groupes d'oiseaux sur toutes les faces. Monture à charnière en or.

Haut., 50 millim.

164. — BOITE ovale en or émaillé, à décor de guirlandes de raisin réservées sur fond bleu. Sur le couvercle, peinture sur émail à sujet allégorique. Fin du xviii⁰ siècle.

Grand diam., 78 millim.; petit diam., 57 millim.

Vente T. P., 1901.

165. — TABATIÈRE en écaille brune doublée d'or; sur le couvercle, miniature : portrait de Louis XVIII, en buste, par *Isabey, 1814.*

Larg., 85 millim.

166. — BOITE oblongue en or ciselé, à quadrillés et rinceaux, ornée sur le couvercle d'une miniature : portrait de la Duchesse de Berry en corsage noir décolleté; signée : *Thierry;* sur la gorge, l'inscription : *Marguerite fils, joaillier de S. A. R. Monsieur, rue Saint-Honoré, n° 77.* Sur le revers du couvercle, on lit : *Donné par LL. AA. RR. Monsieur et Madame la Duchesse de Berry et Mgr le Duc de Bordeaux à M. Nicolas-Victor Lami, grenadier au 4me bataillon, 9me légion, de la Garde nationale, comme souvenir de la matinée du 29 septembre 1820. Époque de Louis XVIII.* Dans un écrin en maroquin doré aux armes de Berry.

Long., 90 millim ; larg., 60 millim.

OBJETS VARIÉS

167 — PYXIDE en cuivre champlevé et émaillé, xiii⁰ siècle, décorée de motifs irréguliers disposés sous des arceaux.

Haut., 85 millim.

168 — PYXIDE en cuivre champlevé et émaillé de Limoges, xiii⁰ siècle, à décor de médaillons contenant des rosaces et se détachant sur fond bleu.

Haut., 110 millim.

169 — Pyxide en cuivre champlevé et émaillé de Limoges,
xiii⁰ siècle, à décor de rinceaux et de médaillons contenant
des quartefeuilles. Fond bleu de deux tons.

Haut., 70 millim.

170 — Pyxide en cuivre champlevé et émaillé de Limoges,
xiii⁰ siècle, à décor de rosaces sur fond bleu.

Haut., 110 millim.

171 — Pyxide en cuivre champlevé et émaillé de Limoges,
xiii⁰ siècle, à décor de médaillons contenant des croix et se
détachant sur fond bleu chargé de rinceaux.

Haut., 110 millim.

172 — Pyxide en cuivre champlevé et émaillé de Limoges,
xiii⁰ siècle, présentant sur fond bleu-lapis des médaillons
contenant des rosaces, alternant avec des réserves cordi-
formes contenant des fleurons. Le couvercle présente deux
cabochons.

Haut., 11 cent.

173 — Pyxide en cuivre champlevé et émaillé de Limoges,
xiii⁰ siècle, présentant sur fond bleu-lapis des médaillons
bleu-turquoise chargés de quartefeuilles et reliés par des
bandes émaillées bleu-empois.

Haut., 10 cent.

174 — Pyxide en cuivre champlevé et émaillé de Limoges,
xiii⁰ siècle, décorée de médaillons bleu-turquoise, présentant
des figures d'angelots réservées, se détachant sur fond bleu
lapis orné de rinceaux réservés également.

Haut., 12 cent.

175 — CIBOIRE en cuivre champlevé et émaillé de Limoges, XIIIe siècle, avec traces de dorure. Le corps du ciboire, surmonté d'une croix, présente sur le couvercle des médaillons contenant des angelots ; le dessous offre des fleurons et le monogramme du Christ, le tout se détachant sur fond bleu lapis. Le pied est orné de quatre écussons d'armoiries, alternant avec des fleurons, et sur fond bleu également.

Haut., 32 cent.

176 — GÉMELLION en cuivre champlevé, Limoges, XIIIe siècle ; au centre, trois personnages, dont un jouant de la musique ; alentour six arceaux contenant des chasseurs et des animaux. Au revers, la lette M gravée.

Diam., 22 cent.

177 — GÉMELLION en cuivre champlevé et émaillé de Limoges, XIIIe siècle, présentant au centre une dame armant un chevalier, et alentour six écussons armoriés soutenus chacun par un personnage debout. Revers orné d'un écusson et d'un décor gravé.

Diam., 22 cent.

178 — PLAQUE polylobée en cuivre champlevé et émaillé de Limoges, XIIIe siècle ; le Christ de majesté en réserve sur fond bleu de deux tons.

Haut., 14 cent.; larg., 10 cent.

179 — CHRIST en cuivre champlevé et émaillé de Limoges, XIIIe siècle, vêtu d'une longue draperie. Traces de dorure.

Haut., 22 cent.

180 — PETITE CROIX en cuivre gravé, avec Christ en bronze, XIVe siècle.

Haut., 22 cent.

181 — ÉCRITOIRE en forme de livre, en fer damasquiné or et argent, présentant sur toutes ses faces des médaillons, des rinceaux et des carrelages. Intérieur décoré de même. Venise, XVIe siècle.

Haut., 22 cent.; larg., 16 cent.

Vente Spitzer.

185

0.'00

184

3000

185

182 — HORLOGE de voyage en forme de livre, en cuivre ajouré, gravé et doré, à décor de sujets allégoriques et tirés de la Bible, avec rosaces repercées recouvrant un des deux cadrans. Allemagne. XVIe siècle.

Haut., 12 cent.; larg., 10 cent.

183 — CROIX en fer gravé avec traces de dorure, ornée de médaillons contenant des scènes de la Passion, reliées par des entrelacs. Au revers, une inscription de sainteté. Fin du XVIIe siècle.

Haut., 32 cent.

184 — PENDULE en forme de petit monument rond, à base hexagonale, surmonté d'une coupole. Bois noir, argent doré, émaillé et agate. Sous la coupole est représenté un empereur, au-dessus duquel est placé le cadran; sur l'entablement, des écussons armoriés. Le pourtour du monument présente des figures de style antique en bas-relief, séparées par des colonnettes. Allemagne. XVIIe siècle.

Haut., 42 cent.

185 — DEUX FLAMBEAUX en ambre montés en argent gravé et doré; décor de moulures et feuillages. Allemagne. Fin du XVIe siècle.

Haut., 23 cent.

186 — PENDULE en forme de vase en cuivre ajouré, gravé et doré, à entrelacs: elle est ornée en outre de médaillons en argent à figures allégoriques. Les deux cadrans également en argent sont décorés de fleurs et oiseaux émaillés. Allemagne, fin du XVIe siècle.

Haut., 30 cent.

187 — HORLOGE de table, ronde, en cuivre gravé, à décor de figures, attributs, mascarons et animaux; le dessous est orné d'armoiries. Mouvement signé : *Paul Cuper, Blois.* XVIIe siècle.

Diam., 12 cent.

Vente Leroux, 1896.

3

188 — Pendule de voyage en argent doré, à décor de palmettes,
de quadrillés et de rinceaux. Elle est munie d'une poignée
et contenue dans un écrin en cuir, garni de cuivre et d'argent doré. Époque Régence.

Haut., 16 cent.

189 — Grosse montre de voyage, à double boîtier, en argent
ajouré, repoussé et ciselé, à décor de rinceaux avec paysage
sur le boîtier intérieur. Boîtier extérieur garni de cuir.
Cadran signé : *Martineau, London.* xviiiᵉ siècle.

Diam., 15 cent.

190 — Main provenant d'un reliquaire en argent, faisant le geste
de bénédiction. xviiiᵉ siècle.

Haut., 24 cent.

189
186
187

148 —
148 —
158 —
158 —
160 —

980
750
1010

11.950
1.195
13.145

11.950
5
59.750